Do na Cailleachan-oidhche uile: Mòr, Beag no Uighean.
Tha seo dhuibhse le gaol – DG

Do Edward agus Isobel – AB

Foillseachadh Bloomsbury, Lunnainn, Oxford, New Iorc, New Delhi agus Sydney

A' chiad fhoillseachadh sa Bheurla 2016 ann am Breatainn le
Bloomsbury Publishing Plc, 50 Bedford Square, Lunnainn WC1B 3DP

www.bloomsbury.com

© an teacsa Debi Gliori 2016
© nan dealbhan Alison Brown 2016

Tha Debi Gliori agus Alison Brown a' dleasadh an còraichean a bhith
air an aithneachadh mar ùghdar agus neach-deilbh na h-obrach seo.

A' chiad fhoillseachadh sa Ghàidhlig an 2017 le Acair Earranta
An Tosgan, Rathad Shìophoirt, Steòrnabhagh, Eilean Leòdhais HS1 2SD

info@acairbooks.com   www.acairbooks.com

© an teacsa Ghàidhlig Acair, 2017
An tionndadh Gàidhlig Johan Nic a' Ghobhainn
An dealbhachadh sa Ghàidhlig Mairead Anna NicLeòid

Tha Acair a' faighinn taic bho Bhòrd na Gàidhlig.

Fhuair Urras Leabhraichean na h-Alba taic airgid bho Bhòrd na Gàidhlig
le foillseachadh nan leabhraichean Gàidhlig Bookbug.

Gheibhear clàr catalog CIP airson an leabhair seo ann an Leabharlann Bhreatainn.

LAGE/ISBN 978 0 86152 451 8

Clò-bhuailte ann an Sìona le Leo Papers, Heshan, Guangdong
1 3 5 7 9 10 8 6 4

Ugh na Caillich-oidhche

Debi Gliori

dealbhan le
Alison Brown

Bha naidheachd garbh math aig
Mamaidh don Chaillich-oidhche Bhig.
Bha i air ugh a bhreith.

"Tomhais dè a tha a' dol a thachairt?"
arsa Mamaidh ris a' Chaillich-oidhche Bhig,
"Tha bèibidh ùr gu bhith againn.
Cailleach-oidhche
bheag bhìodach eile."

"Chan eil?" arsa Mamaidh.

"CHAN EIL," ars
a' Chailleach-oidhche Bheag.
"Is mise do bhèibidh. Chan eil
feum agad air bèibidh eile."

"Nach mi a tha gòrach," ars ise.
"Tha thu ceart.
Co-dhiù, tha an t-ugh seo fada ro shàmhach
airson a bhith na Cailleach-oidhche
bheag bhìodach . . .

. . . 's dòcha gur e **boiteag** a tha ann.
Tha iad cho sàmhach agus chan eil iad iarrtach.
Dìreach bobhla de dh'ùir a bhith ga thoirt dhaibh
bho àm gu àm . . . nach biodh sin **àlainn?**"

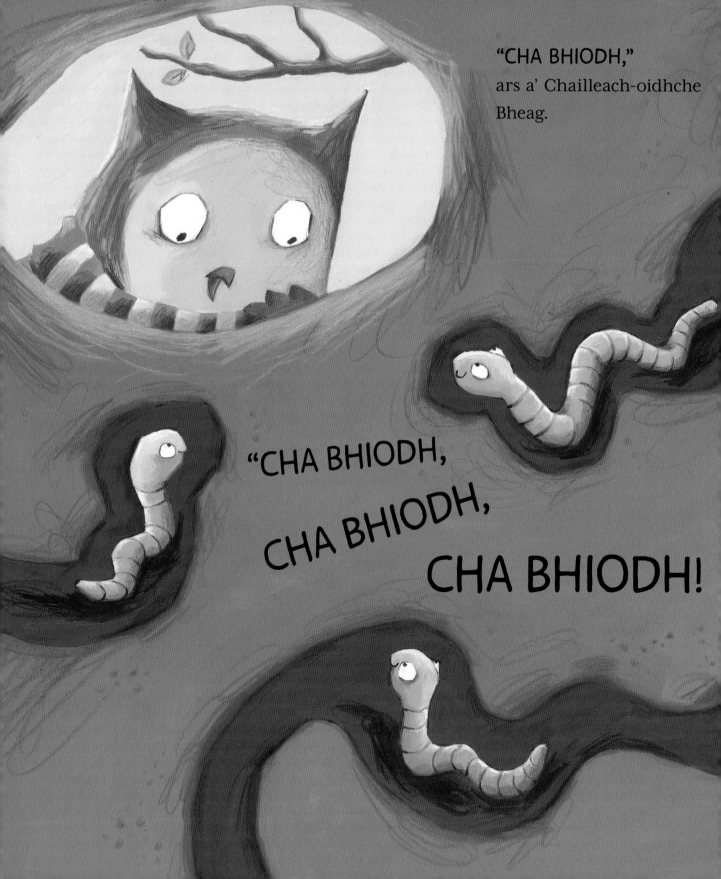

"CHA BHIODH,"
ars a' Chailleach-oidhche
Bheag.

"CHA BHIODH,
CHA BHIODH,
CHA BHIODH!

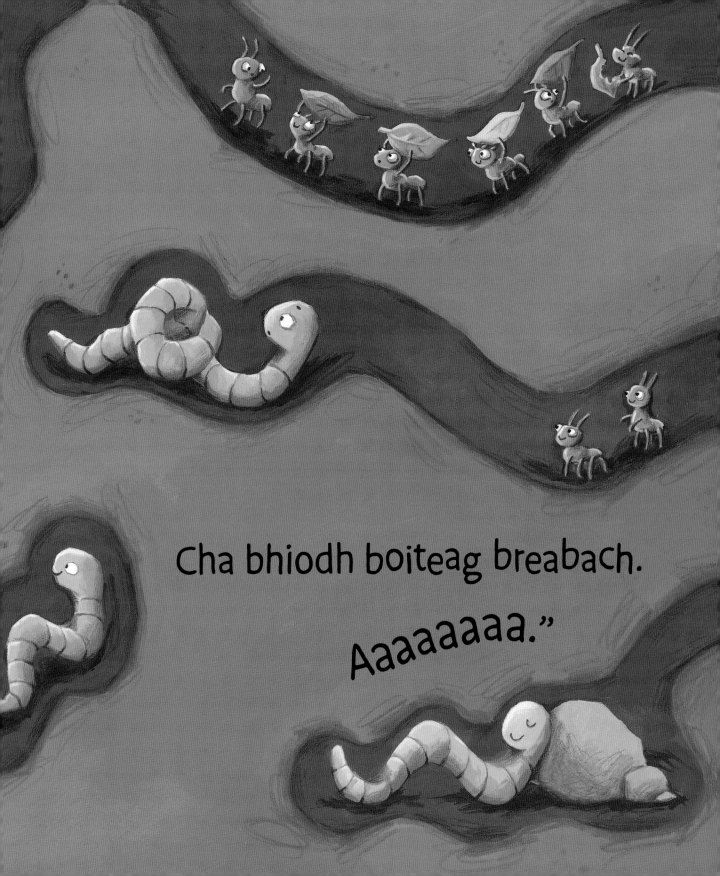

Cha bhiodh boiteag breabach.

Aaaaaaaa."

Rinn Mamaidh gàire.

"Aidh," ars ise. "Tha thu ceart.

Chan eil e **breabach**.

Is dòcha gur e ugh mas fhìor a th' ann.

Air a dhèanamh de **sheòclaid** . . .

. . . nach biodh **sin** math?"

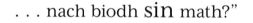

"Cha bhiodh," ars a' Chailleach-oidhche Bheag.

Chan eil uighean **seòclaid** spòrsail.

Chan eil fhios aca ciamar a chluicheas iad.

Agus, tòisichidh iad a' leaghadh ma chuireas
tu do dhà sgèith timcheall orra."

Thòisich Mamaidh a' putadh an uighe.
"Tha thu ceart, a Chailleach-oidhche Bheag.
Tha an t-ugh seo fada ro fhuar airson ugh seòclaid.
Ugh bochd. Fairich e – tha e reòite.

An dùil an e ceann-fionn
a tha gu bhith againn?
Mo chreach-sa.
'S fheàrr dhuinn a dhol
a cheannach beagan èisg
airson a dhinneir."

"CHAN E!"

ars a' Chailleach-oidhche Bheag
gu bìogach.

"Chan e

Bha Mamaidh a' slìobadh an uighe.

"Mamaidh ghòrach – nach eil fhios gur ann
blàth a tha uighean **ceann-fionna**.
Is e uighean **crogaill** a tha fuar.
Sin e. Tha **crogall** gu bhith againn.
An dùil dè a bhios iadsan ag ithe?"

Bha sùilean na Caillich-oidhche Bige air fas **mòr**.

"C-h-a-n e," thuirt i ann an sanais, "c-h-a-n e crogall."

"Tha mi creid nach e," arsa Mamaidh.
"Agus, a bharrachd air an sin,
's e ugh biastail a th' ann.
Fada ro mhòr airson crogall.
'S dòcha gur e a th' ann ach . . ."

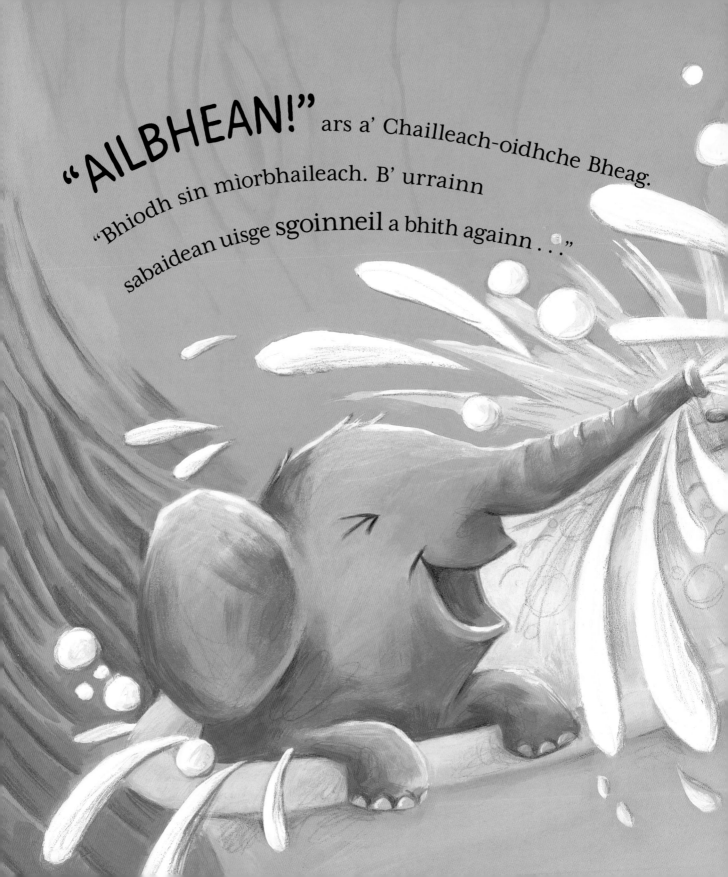

"AILBHEAN!" ars a' Chailleach-oidhche Bheag. "Bhiodh sin miorbhaileach. B' urrainn sabaidean uisge sgoinneil a bhith againn . . ."

"Cha b' urrainn," arsa Mamaidh.
"CHA B' URRAINN,
CHA B' URRAINN,
CHA B' URRAINN!
Dè mun nead againn?
Bhiodh e air a
chreachadh."

"Aidh. Tha thu ceart," ars a' Chailleach-oidhche Bheag.
"Agus, chan urrainn do dh'ailbheanan sgèitheadh.
Ach 's urrainn do dhràgoin. Ooooh.
Tha mi an dòchas gur e ugh dràgoin a bhios ann."

"Ò, MO CHREACH-SA THÀINIG,"
arsa Mamaidh.
"CHAN E, CHAN E, CHAN E!"

"Ach 's e fìor dheagh ugh a th' ann,"
ars a' Chailleach-oidhche Bheag.
"'S iongantach mur eil rudeigin
uabhasach **sònraichte** na bhroinn . . .

'S dòcha gur e a th' ann ach

Bana-phrionnsa Boiteig Fionn-sèoclaid Crogailbhean Dràgon-oidhche.

Mmmm. Tha mi air cluinntinn nach eil iad ag ithe ach biadh sònraichte. Pònairean piullach ochdad-chasach. Roileagain riasach rusgaichte . . ."

"Abair mì-chàilear,"
ghearain Mamaidh.

"A bheil fios agad," ars a' Chailleach-oidhche Bheag, "gum biodh tòrr a bharrachd spòrs annamsa na ann am Bana-phrionnsa Boiteig Fionn-seòclaid Crogailbhean Dràgon-oidhche."

"Bhiodh," arsa Mamaidh. "Agus tha sinne ag iarraidh cailleach-oidhche bheag bhìodach air thoiseach air bèibidh sam bith eile."

Chuir a' Chailleach-oidhche Bheag a sgiathan mu mhionach an uighe.
Na bhroinn, chluinneadh tu buille cridhe fann.

Bom

Bom

Bom

"Cuin a bhios an t-ugh againn deiseil?"
ars a' Chailleach-oidhche Bheag.

"A dh'aithghearr," arsa Mamaidh.

"Mas e Cailleach-oidhche Bheag ùr a bhios ann,
bidh sin gam fhàgail-sa nam Chailleach-oidhche Mhòr,"
ars a' Chailleach-oidhche Bheag.

"Bithidh," arsa Mamaidh. "Bidh tusa nad Chailleach-oidhche
Mhòr ùr, agus bidh gràdh agam ort gu sìorraidh."

"Gu sìorraidh?"
ars a' Chailleach-oidhche
Bheag.

"Gu sìorraidh," arsa Mamaidh.